LE

MARQUIS DE POMBAL

(1738-1777)

ESPAGNE ET PORTUGAL

par

LOUIS GERDEBAT

Chevalier de l'Ordre royal d'Isabelle la Catholique

—⋅∘⋅—

PARIS

CHEZ TOUS LES LIBRAIRES

1872

LE
MARQUIS DE POMBAL

(1738-1777)

———

ESPAGNE ET PORTUGAL

par

Louis GERDEBAT

Chevalier de l'Ordre royal d'Isabelle la Catholique

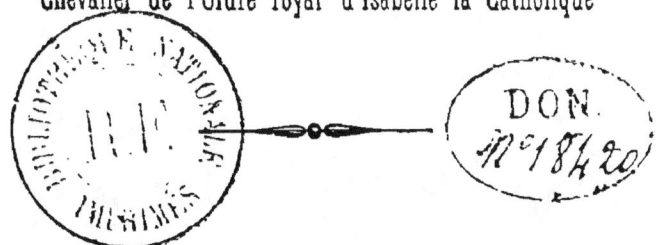

PARIS
CHEZ TOUS LES LIBRAIRES
1872

FÉCAMP. — IMPRIMERIE DE L. DURAND

LE MARQUIS DE POMBAL

(1738-1777)

ESPAGNE ET PORTUGAL

FÉCAMP. — IMPRIMERIE DE L. DURAND

LE MARQUIS DE POMBAL

(1738-1777)

ESPAGNE ET PORTUGAL

LE MARQUIS DE POMBAL

(1738-1777)

—◆—

ESPAGNE ET PORTUGAL

Si, aujourd'hui encore, il m'est permis de parler de l'Espagne et de son voisin le Portugal, riches et chevaleresques pays qui m'ont déjà inspiré plusieurs de mes études historiques, et dans le passé desquels ma pensée se plaît à remonter le cours des âges, je le dois à un de mes bons confrères dans le journalisme, M. Gourdon de Genouillac, qui, connaissant mes sympathies, m'a gracieusement offert un ouvrage fort remarquable du baron de Septenville, ouvrage dont je le remercie et que je vais essayer d'analyser ici.

Auparavant, je voudrais dire, en quelques mots, dans quelles mains se trouvent placées aujourd'hui les destinées de ces deux peuples pour le caractère et la valeur desquels je professe la plus grande, la plus sincère admiration.

Le Portugal est gouverné par S. M. Don Luis premier, souverain constitutionnel.

Don Luis, d'abord duc de Saxe, puis duc d'Oporto, est né le 31 octobre 1838. Il était capitaine de vaisseau et commandant de la corvette à vapeur *Bartholomeu-Diaz*, lorsque, le 11 novembre 1861, la mort de son frère, 'Don Pedro V, l'appela au trône de Portugal et des Algarves.

Couronné le 23 décembre de la même année, sous le nom de Don Luis Ier, il épousa, le 27 septembre 1862, la princesse Marie-Pie, fille de Victor-Emmanuel II, roi d'Italie.

Les actes principaux de son règne sont : le traité de Tien-Tsin (13 août 1862), par lequel la Chine lui a cédé définitivement la presqu'île de Macao ; le décret du mois d'avril 1863, qui supprime les passe-ports à l'intérieur, tant pour les nationaux que pour les étrangers, et enfin l'adhésion au Congrès européen proposé par la France, le 18 novembre 1863.

Les derniers troubles, en mettant à la tête des affaires le maréchal Saldanha, arrière petit-fils du marquis de Pombal, le principal ministre de Joseph Ier et le plus grand homme d'Etat du Portugal, n'auront fait qu'affermir la souveraineté de la maison de Bragance, envers laquelle les traditions de sa famille font à l'illustre maréchal un devoir de fidélité.

En dehors du prestige royal, Don Luis Ier est un des souverains les plus instruits de l'Europe. Ses goûts et ses connaissances artistiques en font un protecteur éclairé des arts (1) qui, selon lui, n'ont pas de nationalité. A chacun de ses voyages en France, il a donné, du reste, des preuves éclatantes de cette protection bienveillante.

A la suite de la déchéance de la reine Isabelle II, et après les tourmentes révolutionnaires, suites inévitables de la chute des trônes et de l'exil des dynasties, l'Espagne eut pour régent Francisco Serrano Y Dominguez, duc de la Torre, et sans contredit, l'ex-régent, Espartero et O'Donnell sont les trois plus grandes figures de l'Espagne contemporaine.

Serrano est né dans l'île de Lyon, le 17 septembre 1810. Il est fils de François Cuenca, vaillant militaire qui, lui aussi, a obtenu, au commencement de ce siècle, une des plus hautes fonctions, et d'Isabelle Dominguez Guevara, qui fut un modèle de vertu.

Brave militaire comme son père, Serrano défendit sa reine et sa liberté dans la guerre civile dite guerre de Sept ans et signa de son noble sang le serment de fidélité fait par lui à sa souveraine bien-aimée et à sa chère patrie.

C'est dans la guerre de l'indépendance

---

(1) La maison de Bragance a conservé toutes les traditions du passé, et, sous S. M. don Louis Ier, comme sous les Jean ou les Joseph, jamais un homme de mérite, grand citoyen, homme de guerre, homme d'Etat, écrivain ne s'est produit sans que la munificence royale ne l'ait récompensé.

que Serrano conquit ses premiers grades.

La place nous manque pour énumérer ici toutes les phases de sa brillante carrière militaire. Nous dirons pourtant qu'il s'est toujours montré le type le plus parfait de l'honneur, de la franchise et du dévoûment chevaleresque. Mais trop souvent l'ingratitude est la récompense des plus loyaux services. Serrano en fit la triste expérience.

Après avoir sauvé le trône, au péril même de sa vie, il fut interné à Sainte-Croix de Ténériffe, d'où il parvit à s'évader le 13 juillet 1868 pour venir prendre, à Cadix, le commandement des troupes insurgées. Quinze jours après son évasion, il remportait sur l'armée royaliste, commandée par le marquis de Novaliche, une grande victoire à *Alcoléa* et décidait ensuite du sort de l'Espagne en déclarant la déchéance de la maison de Bourbon.

Serrano fut alors nommé par acclamation régent du royaume, et il n'aurait tenu qu'à lui de devenir roi d'Espagne, un parti nombreux lui ayant spontanément offert la couronne; mais Serrano refusa ce poste élevé, reculant sans doute devant l'effroyable responsabilité qu'assument tous ceux qui ont au front un diadème.

Sous le titre modeste de régent, Serrano gouverna pendant plus de deux années l'Espagne, avec autant de tact que de sagesse et, le 4 décembre 1870, il déposait ses pouvoirs entre les mains des Cortès, qui s'inclinèrent devant cet acte de désintéressement et de haut patriotisme et proclamèrent roi, sous le nom d'Amédée Iᵉʳ, le prince de Savoie, Carignan.

Don Amédée Iᵉʳ Ferdinand-Marie, duc d'Aoste, deuxième fils de Victor-Emmanuel II, roi d'Italie et d'Adélaïde-Françoise de Lorraine, archiduchesse d'Autriche, né le 30 mars 1845, occupe donc aujourd'hui le trône de saint Ferdinand et de Charles-Quint.

Quoique jeune, Amédée Iᵉʳ possède, croyons-nous, toutes les qualités nécessaires pour lui assurer un règne prospère et rendre enfin le calme et le bonheur au peuple espagnol.

Esquissons maintenant la vie de l'illustre marquis de Pombal, d'après une brillante étude historique du baron Edouard de Septenville, publiée à Bruxelles en 1868.

Don Sébastien-Joseph de Carvalho e Mello, d'une des plus illustres familles du Portugal, est né à Lisbonne, le 13 janvier 1699. Il reçut une éducation distinguée et embrassa la carrière du droit où il commençait à se faire remarquer, quand sa nature vive et le goût des armes qu'il tenait de son père, Don Manuel de Carvalho, capitaine de cavalerie, lui firent abandonner la robe pour l'épée ; en conséquence, d'après un usage établi dans la noblesse portugaise, il entra comme simple soldat dans les gardes du palais.

Aussi bien doué au physique qu'au moral, il a vu les chroniqueurs du temps lui attribuer nombre d'aventures qui ne peuvent trouver place ici. Pourtant, plus touché encore d'un affront que de ses succès galants et ayant été exclu injustement d'une promotion d'officiers dont il croyait avoir mérité de faire partie, il 'ne tarda pas à donner sa démission.

Rentré dans la vie privée, Carvalho se livra à des travaux littéraires et il eut pu facilement conquérir une place importante parmi les historiens. Mais à la gloire littéraire il préféra la Cour où il reparut grâce aux bonnes relations qu'il s'y était ménagées, et attira bientôt l'attention de la Reine par la justesse de ses observations et par la finesse de ses aperçus. Cet appui lui valut d'être, en 1739, choisi par le roi Jean V, comme envoyé extraordinaire à Londres.

Cette première faveur, due d'ailleurs à son mérite, fut pourtant la source de la haine et de l'envie qui n'ont pas cessé de s'exercer contre lui durant sa longue carrière politique ; mais il sut fouler aux pieds toutes les calomnies, n'ayant en vue que la gloire et la prospérité de sa patrie.

Sa mission à Londres heureusement terminée, il revint à Lisbonne, pour repartir ensuite comme ambassadeur à Vienne où il trouva un nouveau succès en même temps qu'il donna de nouvelles preuves de son brillant talent diplomatique.

Son mandat rempli, Carvalho rentra en Portugal pour assister aux derniers moments du roi Jean, et constata avec douleur que l'auguste malade avait entièrement laissé tomber les affaires de l'Etat aux mains du frère Gaspard, qui, durant sa faveur, tint Carvalho éloigné de la Cour comme un rival trop dangereux ; mais Jean V meurt, le 30 juillet 1750, et Joseph Ier, confiant dans le choix de sa mère, Marie-Anne d'Autriche, nomma l'ancien ambassadeur ministre des affaires étrangères ; c'est en cette qualité que Carvalho présida aux obsèques du feu roi.

De cette époque date sa carrière ministérielle qui dura vingt-sept ans, et pendant laquelle il éleva le Portugal au plus haut point de prospérité.

Au moment où s'ouvre le règne de Joseph Ier, et lorsque Carvalho prend la direction des affaires, la situation du Portugal était loin d'être prospère : l'agriculture et l'industrie étaient à peu près abandonnées ; le commerce était nul ; la répartition des impôts mauvaise ; les dépenses et les recettes ne s'équilibraient point, et la différence ne se soldait qu'avec l'or du Brésil.

Carvalho comprit qu'il fallait frapper vite et fort ; la tâche était énorme et tout autre que lui eût reculé, surtout en présence des inimitiés que sans cesse ses réformes hardies faisaient naître autour de lui.

Carvalho eut d'abord contre lui la noblesse, le clergé et ensuite le peuple ; mais nulle opposition ne le rebuta.

De sages règlements font refleurir le commerce, une escadre repousse les cor-

saires, et des flottes nombreuses sont expé-
diées sur tous les points du monde. Bientôt
de nouvelles manufactures créées ramè-
nent le bien-être dans les classes besoi-
gneuses ; mais un des actes les plus importants, ce fut la prohibition de l'exportation
du numéraire. Pombal osa aussi s'attaquer
à ce terrible tribunal, dit de l'*Inquisition*,
dont le pouvoir fut si grand dans la Péninsule. Il supprima les *auto-da-fé*, et tous les
jugements de ce tribunal redoutable furent
dès lors soumis à l'approbation du Conseil
d'Etat et à la sanction royale.

Pombal eut encore à combattre de rudes
adversaires, les jésuites du Paraguay, qu'il
éloigne du palais et qui finissent par per-
dre une influence qui menaçait l'autorité
royale même.

A tous les soucis que lui causaient les
affaires et le soin du royaume, vinrent s'a-
jouter bientôt de terribles préoccupations.

Le 1er novembre 1755 a lieu le tremble-
ment de terre de Lisbonne, resté célèbre
parmi les grands désastres. Pombal est
partout, veille à tout. Il se fait sauveteur,
organise des secours, réprime les dépréda-
tions, et fait une guerre acharnée aux ban-
dits qui profitaient du désordre pour com-
mettre les plus infâmes attentats. Sa con-
duite généreuse et énergique lui valut, en
cette circonstance, cet éloge d'un historien autorisé, le duc du Châtelet : *ce trem-
blement de terre est l'époque la plus brillante
de sa vie.*

C'est après ces nouveaux services rendus au pays que le roi Joseph, faisant bonne justice des horreurs qu'on vomissait sur son compte, éleva au rang de premier ministre Pombal, qui devint ainsi l'émule des Richelieu et des Colbert.

L'Angleterre était presque maîtresse absolue du commerce Portugais : il fallait relever le moral du peuple et encourager l'industrie nationale. Pombal n'hésita pas, après avoir démontré l'importance d'un commerce, à lever un impôt sur les marchandises provenant de l'étranger.

Ce coup hardi frappe de stupeur l'envoyé de Londres ; mais la fermeté de Pombal déjoue toutes les intrigues. Il oppose à l'envahissement commercial de l'Angleterre une compagnie puissante pour l'exportation des vins de Porto ; et ce ne fut pas là un des actes les moins importants de son ministère.

Nous savons combien la noblesse lui était hostile. S'il ne rêva pas son abaissement, il s'opposa du moins à sa trop grande élévation, et quand il le fallut, il ne recula pas devant la nécessité de sévir contre elle. Les grands étaient soutenus par les jésuites qui, plus d'une fois, cherchèrent à renverser le ministre ; mais de cette lutte encore il devait sortir victorieux, et à la fin de 1757, il obtint du roi l'expulsion de Lisbonne de ces remuants ennemis.

Le 3 septembre 1758, un attentat a lieu contre la vie du roi.

Le duc d'Aveiro était à la tête des conjurés. Carvalho réunit tous les fils de cette trame, et maître de tous les éléments du complot. ordonne l'arrestation des coupables ; puis, nouveau Richelieu, il envoie à la mort le duc d'Aveiro, le marquis de Tavora, sa femme, ses fils, son gendre qui paient ainsi de leur vie cet horrible attentat. — Justice terrible, a-t-on dit, mais nécessaire, qui courba le front orgueilleux de cette noblesse hautaine et la força à se soumettre à la volonté royale et, sans nul doute, épargna au pays les malheurs de la guerre civile.

La récompense ne se fit pas attendre : Joseph Ier créa Carvalho comte d'Oeyras, et prouva par là combien il tenait aux services de son premier ministre.

Nous arrivons à une date célèbre, celle du 15 août 1761, où fut conclu entre Louis XV, roi de France, Charles III, roi d'Espagne, et Ferdinand, roi des Deux-Siciles, *le pacte de famille*, contre l'Angleterre. On demande à Joseph Ier de fermer ses ports aux navires de cette nation ; on lui offre d'entrer dans l'alliance ; mais le Portugal devenant forcément le théâtre de la guerre et, en cas de succès comme en cas de revers, courant le risque d'être ruiné et même anéanti, le comte d'Oeyras fit aux envoyés des alliés cette courageuse réponse : *Le roi mon maître vendra plutôt les tuiles de son palais que de consentir à des conditions aussi humiliantes.*

Cette réponse, c'était la guerre ; et certes, réduit à ses propres forces, le Portugal ne pouvait songer à la soutenir : une alliance fut alors contractée avec l'Angleterre qui s'engagea à sauvegarder les côtes. Le Portugal était sans troupes ou du moins n'avait qu'une armée désorganisée, sans chefs capables.

Le comte d'Oeyras en improvisa une. *Dix mille* Portugais auquels se joignirent *huit mille* Anglais et Irlandais, vinrent se ranger sous les ordres du comte de Lippe, nommé commandant en chef des forces réunies.

Avec ces *dix-huit mille hommes*, il fallait faire face à *quarante mille* Espagnols soutenus par *douze* bataillons Français.

C'est ici qu'apparaît le talent militaire du comte de Lippe, vieux guerrier éprouvé dans les luttes de l'Europe centrale, et qui avait appris la guerre sous Frédéric II. Il se garde bien d'accepter une bataille en rase campagne ; il harcèle les Espagnols qui, fatigués de cette temporisation et manquant de munitions reprennent le chemin de la Castille.

Une paix honorable est la conséquence de cette tactique.

Ne voulant plus s'exposer à être surpris par les événements, et secondé par le comte de Lippe, le comte d'Oeyras forma *vingt-quatre* régiments d'infanterie, *douze* de cavalerie et *quatre* d'artillerie, le tout sur le modèle des troupes prussiennes.

Ce n'était pas tout ; il lui fallait une marine. En conséquence, il appela des constructeurs de tous les points de l'Europe, et, en 1766, le Portugal avait, sur mer ou dans ses ports, *douze* vaisseaux de ligne, *quatorze* frégates et un nombre considérable de bâtiments légers.

Au milieu de ces préparatifs d'armement, le comte d'Oeyras ne perdait pas de vue les autres branches de l'administration : La réorganisation de la justice appela tous ses soins. Il sévit contre des magistrats dont la vénalité était connue, et ne craignit point de s'attaquer au comte d'Ega, viceroi des Indes, accusé d'avoir malversé dans son gouvernement ; il le fit destituer et même enfermer dans une prison d'Etat.

La justice réorganisée, le comte d'Oeyras s'occupe de l'instruction publique. Il fonde le collège royal des nobles, dont l'éducation avait jusque-là été confiée aux jésuites ; puis il crée des écoles élémentaires et professionnelles pour les enfants du peuple. En un mot, il lutte, avec cette énergie qui dompte tous les obstacles, contre l'ignorance, *la honte d'une nation*, selon son expression.

Il encourage l'imprimerie et donne des subsides aux lettres et aux sciences.

Par de larges mesures, toutes marquées au coin de l'équité et de la raison, il donne une nouvelle impulsion à la navigation commerciale jusqu'alors soumise à mille entraves qui nuisaient à sa prospérité.

Eh bien ! le croirait-on, toutes ces grandes choses, préparées et accomplies par le génie d'un seul homme, ne parvinrent ni à lui rallier tous les esprits, ni à dompter les haines qui se réveillèrent, au contraire, plus vivaces que jamais.

Les jésuites n'avaient pas oublié leur disgrâce, et le comte d'Oeyras eut à réprimer les troubles suscités par leur vengeance.

L'instruction organisée, il s'occupa de l'agriculture ; là encore il eut à lutter contre l'influence de l'Angleterre; mais comme toujours la victoire couronna les efforts qu'il tenta pour détruire un monopole qui existait sur les grains, et cela en encourageant l'importation des blés Français, et en livrant à la charrue une partie de territoire considérable occupée par des vignes.

De l'agriculture, les vues du comte se portent vers l'administration des cultes. La encore il retrouve ses adversaires, les jésuites. — Il serait trop long d'énumérer par quelle série d'actes il parvint à faire prévaloir le droit et la raison. Disons seulement qu'il couronna dignement son œuvre et parvint enfin à assurer au Portugal un avenir de calme et de prospérité. C'est alors que voulant profiter d'un moment propice, il songea à faire disparaître une législation irrégulière, en la remplaçant par un ensemble de lois réunies dans un code unique, à la rédaction duquel il se livra sans relâche. Mais de nouveaux événements surgirent qui interrompirent son œuvre.

Des troubles éclatèrent au Maroc, entre les indigènes et la colonie Portugaise ; bien que promptement apaisés, ces désordres ne laissèrent pas que de détourner le ministre de ses travaux législatifs.

Dans l'intervalle, il crée l'imprimerie royale, et en 1769, il a la joie de voir que cette branche de l'industrie peut lutter victorieusement avec celle des autres puissances.

Depuis longtemps les mesures prises contre les jésuites, les réformes apportées à l'administration des cultes, avaient rendu difficiles les rapports entre le Saint-Siége et la cour du Portugal ; grâce à l'initiative du comte d'Oeyras, les choses reprirent leur état normal, et à l'exaltation du pape Clément XIV, le bon accord fut complétement rétabli.

Le roi Joseph Ier voulut alors donner à son ministre une marque éclatante de sa reconnaissance pour tant de services rendus, et le 17 septembre 1770, il le créa *Marquis de Pombal*.

Le titre de comte d'*Oeyras* fut transféré à l'aîné de ses fils, en même temps que le second était fait comte de *Redinha*.

Dès lors, le marquis de Pombal, parvenu au faîte des honneurs et de la puissance, ne cesse de s'occuper à consolider son œuvre.

Nous avons vu tout ce qu'il a fait, tout

ce que son génie a enfanté. Nous ne nous étendrons pas plus longuement sur de nouveaux actes, tous à la gloire de son prince, à la prospérité de son pays.

D'ailleurs, nous touchons au terme de cette carrière si bien remplie que Pombal voulut couronner par l'érection d'une statue en bronze, monument de sa reconnaissance, élevé au roi Joseph Ier, et dont l'inauguration eut lieu le 13 mai 1775, avec une grande solennité et aux applaudissements de toute une nation.

Le roi honora et récompensa son ministre en ordonnant de placer le médaillon de Pombal à côté de ses armes sur le piédestal.

Sur ces entrefaites, la santé du roi donna les plus vives inquiétudes, et bientôt Joseph Ier se vit dans la nécessité de déclarer la reine régente du royaume.

C'était le commencement de la disgrâce pour Pombal, et quand le roi rendit le dernier soupir, le 23 février 1777, ce grand ministre, cet homme intègre, celui qui pendant *trente années* avait tout fait pour la gloire de son pays, descendit du pouvoir. Ses ennemis triomphaient ; mais ce n'était pas assez pour leur haine.

La reine Marie, on ne peut plus bienveillante pour Pombal, lui avait conservé tous les avantages attachés à sa position.

Nous avons vu que le roi Joseph avait voulu que le médaillon de Pombal figurât sur le piédestal de sa statue ; les nouveaux favoris obtinrent qu'il fût enlevé, croyant par là effacer jusqu'à son souvenir, jusqu'à son nom même.

D'intrigues en intrigues, ils amenèrent la reine à ordonner l'exil de Pombal, châtiment trop doux pour leur aveugle vengeance.

Pombal avait alors 82 ans ; il obéit à cet ordre d'exil, et accepta cette épreuve avec résignation ; mais il en fut si cruellement frappé, que dix mois après, le 5 mai 1782, il rendit son âme à Dieu en pardonnant à ses ennemis.

Comme il arrive souvent après la mort, la réaction s'opéra et une justice tardive fut rendue à l'homme illustre.

Son fils, le comte d'Oeyras fut rétabli dans tous les titres et dignités de son père.

Cinquante ans plus tard eut lieu un autre grand acte de réparation.

Le 10 octobre 1833, un décret royal ordonna le rétablissement du médaillon de Pombal sur le piédestal de la statue de Joseph Ier.

Puis en 1856, le roi Don Pedro V ordonna que les cendres du marquis de Pombal fussent transférées à Lisbonne, et déposées dans la chapelle *Das Merces*, où se trouve le tombeau de Pombal.

C'est le marquis de Pombal actuel qui fut chargé de transporter de la ville de Pombal à Lisbonne, les restes mortels de son bisaïeul, le grand marquis.

Terminons par ce dernier témoignage

rendu à la mémoire de l'illustre homme d'Etat.

Lorsque le marquis de Pombal actuel se rendit au palais du roi pour le remercier, Don Pedro V lui répondit :

« Le marquis a fait son devoir en trans-
« portant les restes de son aïeul, et moi j'ai
« fait le mien en allant à Santo Antonio
« da Sé, à l'occasion de leur arrivée ; car
« on ne peut en douter, le premier marquis
« Pombal fut un des hommes qui ont
« rendu au pays les services les plus écla-
« tants. »

Maintenant que nous avons essayé de rendre un hommage mérité à la mémoire du célèbre marquis, accomplissons un devoir de bonne confraternité littéraire en avouant que nous avons largement puisé dans l'œuvre remarquable, à plus d'un titre, du baron de Septenville.

Cette œuvre, publiée par notre confrère, outre le mérite de la plus scrupuleuse vérité historique, est écrite avec une grande netteté et une concision qui pourtant n'enlèvent rien à la noblesse du style et à l'ampleur des idées ; mais notre éloge est superflu, car l'auteur n'en est pas à son début comme historien. M. de Septenville a beaucoup étudié les diverses nations de l'Europe et notammant la Péninsule Ibérique.

Ses principaux ouvrages sont : — *Découvertes et conquêtes du Portugal dans les deux mondes. — Victoires et conquêtes de l'Espagne depuis l'occupation des Maures jusqu'à nos jours.* Ces deux études sont traitées avec une profonde érudition, et seront consultées avec fruit par tous ceux qui se plaisent aux recherches historiques.

Le baron de Septenville a, en outre, publié une histoire héroïque et chevaleresque des Alphonse d'Espagne et d'autres ouvrages sur la Russie, la Perse, le Danemark et l'Angleterre.

Qu'il nous permette donc de le remercier ici de nous avoir fourni l'occasion de payer notre tribut d'admiration à la mémoire du marquis de *Pombal*.

Louis GERDEBAT.

Fécamp, Imp. L. Durand.